دار جامعة حمد بن خليفة للنشر
صندوق بريد 5825
الدوحة، دولة قطر

www.hbkupress.com

صدرت الطبعة الأنجليزية الأولى عن دار جامعة حمد بن خليفة للنشر عام 2020
حقوق الترجمة © دار جامعة حمد بن خليفة للنشر

الطبعة العربية الأولى عام 2022
الترقيم الدولي: 9789927151699

تمت الطباعة في الدوحة-قطر.

مكتبة قطر الوطنية بيانات الفهرسة – أثناء – النشر (فان)

كروغ، ماتياس، مؤلف.

نجمة كرة القدم / تأليف ماتياس كروغ ؛ رسوم نيكوس يانوبولوس ؛ ترجمة ريما إسماعيل. الطبعة العربية الأولى. – الدوحة : دار جامعة حمد بن خليفة للنشر، 2022.

صفحة ؛ سم

تدمك: 978-992-715-169-9

1. كرة القدم -- قصص للأطفال. 2. قصص الأطفال العربية. 3. الكتب المصورة. أ. يانوبولوس، نيكوس، رسام.

ب. إسماعيل، ريما، مترجم. ج. العنوان.

PZ10.731. K78125 2022

892.737 – dc23

202228314037

نجمةُ كرةِ القدمِ

تأليف: ماتياس كروغ

رسوم: نيكوس يانوبولوس

ترجمة: ريما إسماعيل

دار جامعة حمد بن خليفة للنشر
HAMAD BIN KHALIFA UNIVERSITY PRESS

انْظُرُوا نحوَ السَّماءِ... هُناكَ فوْقَ المَباني العالِيةِ والبُيوتِ، وفوْقَ السَّحابِ. هلْ ترَوْنَ النجومَ المُتَلأْلِئةَ في اللَّيْلِ؟

هَا نحْنُ هُنا! أنَا وصدِيقَتِي النَّجْمةُ شغُوفَةُ!

شغُوفَةُ نجْمَةٌ مُميَّزَةٌ، تُحِبُّ لُعْبةَ كُرةِ القَدمِ كثِيرًا! إنَّها أفْضلُ لاعِبةِ كُرةِ قدمٍ في الكوْنِ.

في السَّابِقِ، لمْ نكُنْ نحنُ النجْماتِ نلْعبُ كرةَ القدمِ؛
وابْتَكرْنا لُعْبةَ «كُرةِ النُّجومِ»، وكُنَّا نتقاذفُ الكُرَةَ بِأيْدِينا.

في أحدِ الأيامِ، رأتِ النجْمةُ شغُوفَةُ فريقًا منَ الأقْمارِ يلْعَبُ الكُرةَ بِالأقْدامِ.

أعْجبتْها اللُّعْبةُ كثيرًا، وسألتْنِي: «لمَ لا نُجرِّبُ هذهِ اللُّعبةَ التي يُسمُّونَها كُرةَ القدمِ؟»

أجبْتُها: «النجْماتُ لا تلعبُ كُرةَ القدمِ!»

رأتْ شغُوفَةُ قمرينِ يلْعبانِ بِالكُرةِ، ويرْكُضانِ بِنشاطٍ ومرحٍ.
يُحاوِلانِ تسْديدَ الأهْدافِ برَكَلاتٍ قويَّةٍ، في مرْمَى الملْعبِ الفضائِيِّ الواسِعِ.

اسْتَمْتعَتْ بِالنَّظرِ إليْهِما، وراقبَتْهُما طويلًا.

ذهبتْ شغُوفَةُ إلى جدَّةِ النجْماتِ، وسألتْهَا: «كمْ عددُ الأقْمارِ في الكَوْنِ يا جدَّتي؟»

أجابَتْها: «أكْثَرُ مِنْ مائةِ قمرٍ». وأضافتْ: «لدَى كوْكَبِ الأرْضِ قمرٌ واحِدٌ، لكنَّ العدِيدَ مِنَ الكواكِبِ الأُخْرَى لديْها أقمارٌ كثيرةٌ».

فكَّرتْ شَغُوفَةُ، وتساءَلتْ بِصوْتٍ عالٍ: «لِمَ لا أُشارِكُ الأقْمارَ لُعبةَ كُرةِ القدَمِ؟ أنَا واثِقَةٌ بِأنَّني سأجِدُ قمرًا يَقْبَلُ انضِمامي إلى فَريقِهِ».

سمِعَتْها الجدَّةُ، ونَهرَتْها: «لا يُمْكِنُكِ ذلِكَ أبدًا! كرةُ القدَمِ
مُخصَّصَةٌ لِلأقْمارِ، أمَّا النجْماتُ فتلْعَبُ كرةَ النجومِ فقطْ».

لمْ يدُمْ حُزنُ شغُوفَةَ طويلًا، وقرَّرَتْ مُتابعَةَ حُلْمِهَا بِأنْ تصِيرَ نجْمةَ كرةِ قدمٍ مشْهورةً.

في اللَّيْلَةِ التالِيةِ، قصدَتْ جميعَ الأقْمارِ، وطلبَتْ مِنها ضمَّها إلى فِرَقِها.

صاحَ بِها أحدُ الأقْمارِ قائِلًا:

«ألَمْ يقُلْ لكِ أحدٌ أنَّ كُرةَ القدمِ مُخصَّصةٌ لِلأقْمارِ فقطْ؟»

جلستِ النجْمَةُ شغُوفَةُ على
المِقْعدِ، واكْتفَتْ بِمُشاهَدةِ
المُباراةِ، ومُشاهَدةِ الأقْمارِ وهي
تَتقاذَفُ الكرةَ بمهارَةٍ.

سألتْنِي «شغُوفةُ» بِحماسٍ:
«ألا تبْدو كُرةُ القدمِ مُمْتِعةً؟»

أجبْتُها: «نعمْ بِالتَّأْكيدِ! انْظُرِي كيْفَ تضْرِبُ الأقْمارُ الكُرةَ بأقْدامِها! هلْ لاحظْتِ أنَّ لمْسَها بِاليَدِ ممْنوعٌ؟ وحارِسُ المَرْمَى وحْدَهُ هو مَنْ يسْتطِيعُ التِقاطَها بِيدَيْهِ!»

قالتْ شغُوفَةُ بِتصْمِيمٍ:

«سأُجرِّبُ هذهِ اللُّعبةَ بِالتَّأكيدِ...

... حتَى لوْ اضْطُرِرْتُ

لِلبحْثِ في مجَرَّةٍ أُخْرَى، عنْ

فريقٍ يقْبَلُ انْضِمامِي إلِيْهِ».

رافقتُها أثناء رِحْلتِها في أرْجاءِ الكَوْنِ الشَّاسِعِ،
وبحثْنَا سوِيًّا عنْ فِرَقِ كُرَةِ القدمِ.

طلبَتْ شغُوفَةُ الإذنَ باللَّعِبِ معَ كلِّ فرِيقٍ قابلَتْهُ. كانَ الجوَابُ بـ «لا» في كلِّ مرَّةٍ! لكِنَّهَا لمْ تستسلِمْ، واستمرَّتْ في البحْثِ دونَ كللٍ أوْ ملَلٍ.

قابلَتِ النجْمَةُ شَغُوفَةُ قمَرَ كوْكبِ الأرْضِ، وسألتْهُ:
«هلْ تحْتَاجُ إلى نجْمةٍ في فرِيقِكَ؟»

نظرَ القمرُ المُضِيءُ نحْوَها بِلُطْفٍ، ورَأى الشَّغَفَ فِي عيْنَيْها، وشعرَ بِقُوةِ الإرادَةِ في قلْبِهَا. وأجابَهَا: «نعمْ، نحْنُ بِحاجَةٍ لِعُضْوٍ جديدٍ في الفَرِيقِ».

طارَتْ شغُوفَةُ مِنَ الفَرحِ، ودارَتْ حوْلَ نفْسِهَا، وزادَ بريقُها فِي عتْمةِ اللَّيْلِ.

انْضمَّتْ لِلفرِيقِ فوْرًا، وسُرْعانَ ما سدَّدَتْ هدفَهَا الأولَ في المرْمَى. وشارَكَتْها الأقْمارُ فرْحَتَهَا بِهذا الإِنْجازِ.

بِفضْلِ النجْمةِ شغُوفَةَ، صارَتِ النجومُ تلعبُ
معَ الأقْمارِ فِي فِرَقِ كُرةِ القدمِ.

وأنْتُمْ كُلَّمَا نظَرْتُمْ نحو السمَاءِ، ورأيْتُمْ نُجُومَهَا
اللَّامِعَةَ في اللَّيالِي، فكِّرُوا بِصدِيقَتي نجْمةِ كرةِ القدمِ،
وتذَكَّرُوا أنَّها لمْ تتخَلَّ عنْ أحْلامِهَا أبدًا.